Dr. James Dobson

Der kleine Ehe-Ratgeber

Weisheiten für ein glückliches und erfolgreiches Leben zu zweit

W0273800

Dr. James Dobson

Der kleine Ehe-Ratgeber

Weisheiten für ein glückliches und erfolgreiches Leben zu zweit

Schulte & Gerth

Die amerikanische Originalausgabe
erschien im Verlag Multnomah Books, a part of Questar Publishing Family
unter dem Titel "Love for a Lifetime".
© 1994 by James C. Dobson
© der deutschen Ausgabe 1996 Verlag Klaus Gerth, Asslar
Aus dem Amerikanischen übersetzt von Karoline Furch
Die in der Übersetzung verwendeten Bibelstellen sind,
falls nicht anders gekennzeichnet,
der Lutherbibel in der revidierten Fassung von 1984 entnommen.
(Weitere Übersetzung: GN = Gute Nachricht)

Best.-Nr. 815 411
ISBN 3-89437-411-X
1. Auflage 1996
Umschlaggestaltung: Olaf Johannson
Satz: Michael Wenserit
Druck und Verarbeitung: Kieser
Printed in Germany

Einleitung

Gute Ehen sind mit einem beinahe mystischen Band der Freundschaft, einer unerschütterlichen Hingabe und einem tiefen Verstehen gesegnet, das beinahe jeder Erklärung trotzt. Eine gute Ehe entsteht, wenn ein Mann und eine Frau – zwei eigenständige und ausgeprägte Individuen – zu einer Einheit verschmelzen, die die Bibel „ein Fleisch" nennt.

Aber so weit zu kommen ist nicht einfach, und nur wenige Paare bringen es dahin – ganz besonders heute, in unserer „scheidungsfreudigen" Kultur.

Dieses kleine Buch wurde geschrieben, um dringend benötigten Rat zu bieten. Es konzentriert sich auf einige wenige Prinzipien und Konzepte, die helfen wollen, Ihre Ehe zuzurüsten, damit Sie den ganzen Weg gehen können. Viele der klugen Einsichten und Ratschläge wurden von Ehepaaren weitergegeben, die bereits 30, 40 oder sogar 50 Jahre verheiratet sind.

Dieses Buch beleuchtet die heimtückischen Fallen, die einer Beziehung drohen können, und hilft, sie von vornherein zu umgehen. Und – und das ist das Wichtigste – alle in diesem Buch vertretenen Ansichten und Vorschläge beruhen auf den Prinzipien, die Gott selbst, der Schöpfer aller Beziehungen, mit uns geteilt hat.

Das Eheleben ist ein Marathonlauf, kein Kurzstreckensprint. Wenn eine Ehe dauerhaft gut sein soll, genügt es leider nicht, wenn Sie einen großartigen Start hatten. Sie brauchen auch den festen Willen durchzuhalten, wenn jede Faser Ihres Körpers danach schreit, aufzugeben. Dann, und nur dann, werden Sie es bis zum Ziel schaffen! Aber bleiben Sie dran! Es lohnt sich, das können Sie mir glauben!

Dr. James Dobson

Sie können eine Beziehung aufbauen,
die den Stürmen des Lebens standhält.

Unreife, Egoismus, Feindseligkeit, Überempfindlichkeit
und ein Gefühl der Unzulänglichkeit
sind die Hauptursachen für eheliche Instabilität
und leider nur allzu oft auch für eine Scheidung.
Eine ganze Armee von desillusionierten Ex-Ehemännern
und Ex-Ehefrauen kann das bestätigen.

In Amerika enden heute fünf von zehn Ehen
mit bitteren Szenen und schließlich mit Scheidung.
Das ist tragisch.
Aber haben Sie sich schon einmal vor Augen gehalten,
was mit den anderen fünfen ist?
Unglaublicherweise erreichen zumindest
ein oder zwei dieser zehn Paare das, was man
„Intimität in einer lebenslangen Beziehung" nennt.

Intimität – das tiefe Band aus Freundschaft,
Hingabe und Verständnis,
das jeder Erklärung trotzt.
Intimität entsteht, wenn ein Mann und eine Frau –
zwei eigenständige, ausgeprägte Individuen –
zu einer Einheit verschmelzen,
die die Bibel „ein Fleisch“ nennt.

Der menschliche Geist
verlangt nach bedingungsloser Liebe
und erfährt etwas wie einen „Hunger der Seele“,
wenn er diese Liebe nicht bekommt.

Letzten Endes müssen wir uns natürlich
auf die Prinzipien verlassen,
die der Schöpfer aller Beziehungen uns mitgeteilt hat.
Da ist guter Rat nicht teuer!

Es gibt keine bessere Zeit,
um den Grundstein für eine felsenfeste Ehe zu legen,
als genau jetzt –
während der ersten Jahre!

Nun aber bleiben Glaube, Hoffnung, Liebe,
diese drei.
Aber die Liebe ist die größte unter ihnen.

1. Korinther 13,13

Den richtigen Menschen zu finden,
um eine lebenslange Liebesbeziehung aufzubauen,
kann eine der größten Herausforderungen
des Lebens sein.

Viele Paare stolpern in die Ehe,
ohne gesunde Vorbilder kennengelernt zu haben.
Sie haben vielleicht nur die Gleichgültigkeit
und das quälende Schweigen
zwischen ihren Eltern mitbekommen.
Da ist es kein Wunder, wenn heutige Frischverheiratete
sich planlos durch die ersten Ehejahre tasten.

Gott sah die Einsamkeit,
die Adam im Garten Eden plagte,
und er sagte: „Es ist nicht gut."
Darum gab er ihm eine Frau –
mit der er seine Gedanken teilen
und die seine Berührungen fühlen konnte.

Die Ehe ist ein wunderbares Lebenskonzept –
wenn sie so funktioniert, wie sie es sollte.
Doch genau da liegt das Problem.
Wir haben Verhaltensmuster entwickelt,
die das Konzept der Ehe untergraben
und sich mit Langzeitbeziehungen
nicht vereinbaren lassen.

Zu Beginn einer Beziehung tut jeder Partner sein Bestes,
um Dinge zu verbergen, nicht um sie zu offenbaren.
Er oder sie zeigt sich von der Schokoladenseite,
verschleiert peinliche Tatsachen, Angewohnheiten
und Vorlieben.
Als Folge davon gehen Braut und Bräutigam mit einer
Ansammlung von falschen Vorstellungen in die Ehe.
Streit, Enttäuschung und verletzte Gefühle sind
vorprogrammiert.

Ich bin von Eheseminaren absolut überzeugt.
Jedes zukünftige Ehepaar - auch die,
die scheinbar nur füreinander gemacht sind –,
sollte zumindest an einem solchen Seminar teilnehmen,
um von geeigneten Leuten auf das Abenteuer
der Ehe vorbereitet zu werden.

Das Rezept für eine gelungene Ehe:
Halten Sie die Augen weit offen, bevor Sie heiraten,
und halb geschlossen, wenn Sie verheiratet sind.

Die Erkenntnis bläht auf,
aber die Liebe baut auf.

1. Korinther 8,1

Selbst dem Glauben Fernstehende
geben inzwischen zu, daß die sexuelle Revolution
ein totales Desaster war.
Anscheinend ist sexuelle Enthaltsamkeit
vor der Ehe und lebenslange Treue
doch keine so schlechte Idee.

Wenn man keine gezielten Anstrengungen
unternimmt, um die Blockaden
zu echtem Verständnis füreinander zu brechen,
können die Flitterwochen
wie ein Blindflug mit unbekanntem Ziel sein.
Da gibt es bessere Linien!

„Safer Sex“ gibt es genauso wenig
wie „kalorienarme Sünde“.
Wenn jemand sich bewußt entscheidet,
im direkten Widerspruch zu Gottes Geboten zu leben,
gibt es keine Möglichkeit, dies zu vertuschen.

Wie konnten wir erwarten,
daß die Institution der Ehe als symbiotische Form
der Gemeinschaft von Mann und Frau
unangetastet bleiben würde,
wenn alle Regeln sexuellen Verhaltens
total auf den Kopf gestellt werden?

Der Ausdruck „sich binden“
bezieht sich auf das emotionale Band,
das Mann und Frau auf Lebenszeit miteinander verbindet
und sie einander unentbehrlich macht.
Es ist dieses ganz Besondere, Einmalige,
das eben dieses Paar anders macht
als alle anderen Paare auf der Welt.
Es ist Gottes großes Geschenk der Gemeinschaft.

Intimität muß sich langsam entwickeln,
wenn Mann und Frau
das volle Potential ihrer Beziehung
ausschöpfen wollen.

Wenn zwei Menschen einander innig lieben
und ihr Leben miteinander teilen,
entwickeln sie normalerweise
sehr viele Gemeinsamkeiten.
Und sie haben unzählige gemeinsame Erinnerungen,
die niemand außer ihnen selbst kennt.

Laßt uns nicht lieben mit Worten noch mit der Zunge,
sondern mit der Tat und mit der Wahrheit.

1. Johannes 3,18

Sich berühren und miteinander reden, Händchenhalten
und sich dabei tief in die Augen schauen
und gemeinsame Erinnerungen pflegen,
ist für langjährige Ehepartner
genauso wichtig wie für frisch verliebte Twens.

Wenn Sie bereits verheiratet sind
und nun feststellen müssen,
daß Sie wichtige Schritte einfach übersprungen haben:
Es ist nicht zu spät,
um noch einmal von vorne anzufangen
und diese Schritte nachzuholen.

Überstürzen Sie nichts
in der Zeit des Umeinander-Werbens,
auch wenn Sie das Gefühl haben,
endlich „Ihn“ oder „Sie“ gefunden zu haben.
Lassen Sie sich Zeit, nehmen Sie keine Schritte vorweg,
und halten Sie ab und zu einmal inne,
um die Aussicht zu genießen.

Die letztgültige Entscheidung
für einen eventuellen Ehepartner
sollten Sie sehr sorgfältig im Gebet überprüfen ...
und niemals leichtsinnig aus einer Laune heraus treffen.
Jetzt geht es ums Ganze!

Werfen Sie bei der Wahl Ihres Ehepartners
alles in die Waagschale,
was Sie an Intelligenz und eigenem Ermessen
aufbieten können.
Dann überlassen Sie die letzte Entscheidung Gott.
Er wird Sie leiten, wenn Sie nicht vorwegstürmen.

Gehen Sie sexuell unberührt in die Ehe.
Wenn es schon zu spät dazu ist,
dann schlagen Sie jetzt
den Weg sexueller Enthaltsamkeit ein,
und weichen Sie bis zu Ihrer Heirat nicht davon ab.

Die Unberührtheit beider Partner macht Sex
in der Ehe zu etwas ganz Besonderem.
Kein anderer Mensch
ist in die verborgene Welt eingedrungen,
die Sie beide nun miteinander teilen,
weil Sie sich füreinander aufgehoben haben.
Sie haben die Exklusivrechte aneinander.

...und ertrage einer den anderen
und vergebt euch untereinander,
wenn jemand Klage hat gegen den anderen;
wie der Herr euch vergeben hat, so vergebt auch ihr.
Über alles aber zieht an die Liebe,
die da ist das Band der Vollkommenheit.

Kolosser 3,13-14

Wenn Sie mit Ihrem Partner
in Harmonie zusammenleben wollen,
ist es wichtig,
die Unterschiedlichkeit von Männern und Frauen
zu erkennen und zu akzeptieren.
Die Bibel sagt uns, daß der Schöpfer
zwei verschiedene Geschlechter geschaffen hat,
jedem hat er eine spezielle Aufgabe zugedacht.

Bleiben Sie Ihrem Ehepartner ein Leben lang treu.
Punkt.
Ohne Wenn und Aber.

Männer und Frauen haben – neben den gemeinsamen –
auch unterschiedliche Bedürfnisse und Fähigkeiten.
Der Versuch, diese Unterschiedlichkeit wegzudiskutieren
und die Geschlechter einander anzugleichen,
ist nicht nur ungesund,
er stimmt auch einfach nicht mit den Tatsachen überein!

Die beiden Geschlechter sind mit einem Übermaß
an unterschiedlichen emotionalen Merkmalen gesegnet.
Kluge und hingebungsvolle Eheleute
haben den tiefen Wunsch,
ihren Partner wirklich zu verstehen
und sind ehrlich bemüht, seine Bedürfnisse zu erfüllen.

Jung Verheiratete müssen sich bewußt machen,
daß Männer und Frauen
unterschiedlich denken und fühlen
und daß die Art,
wie mit den speziellen Bedürfnissen des Partners
umgegangen wird, unmittelbare Auswirkungen
auf Glück oder Enttäuschung in der Ehe hat.

Ein jeder habe lieb seine Frau wie sich selbst;
die Frau aber ehre den Mann.

Epheser 5, 33

Die Zufriedenheit, sexuelle Erlebnisfähigkeit
und Lebensfreude einer Frau
hängen sehr oft mit dem Gefühl zusammen,
von ihrem Mann zutiefst geliebt
und wertgeschätzt zu sein.
Deshalb bedeuten ihr auch Blumen, Pralinen
und kleine Liebesgrüße so viel.

Für einen Mann sind romantische Augenblicke
mit seiner Frau schön,
und er behält sie gern in Erinnerung –
aber sie sind nicht lebensnotwendig.
Für eine Frau sind sie ein Lebenselixier.

Dieses Bedürfnis nach Romantik ist kein „Tick“
oder eine seltsame Schrulle Ihrer Frau,
wie es viele Männer denken.
Frauen sind ganz einfach so gemacht.

Männer müssen verstehen lernen,
daß Frauen häufig mehr
an der gemeinsamen Wohnung,
deren Einrichtung und Pflege –
kurz, der Schaffung eines Heimes –
liegt als ihnen selbst.
Manche Ehemänner sehen leider auch
die absolute Notwendigkeit dieser Neigung nicht ein.

Ein speziell männliches Bedürfnis
sollte die Ehefrau möglichst im Hinterkopf behalten:
Ganz oben auf der Wunschliste der meisten Männer
steht eine friedliche häusliche Atmosphäre.

Ich bin davon überzeugt, daß emotionale
und sogar körperliche Probleme entstehen können,
wenn dieser häusliche Ruhepol fehlt.
Deshalb sollten Sie unbedingt versuchen,
Ruhezonen und Freiräume zu schaffen –
sowohl für den Mann als auch für die Frau.

Gerade die Unterschiede zwischen Mann und Frau
geben einer Beziehung erst die richtige Würze.
Es wäre doch schrecklich langweilig,
wenn die Geschlechter vollkommen gleich wären,
wie uns manche Leute glauben machen wollen.

Wie uneffektiv wäre es gewesen,
wenn Gott Adam in Tiefschlaf hätte fallen lassen,
nur um einen weiteren Mann aus seiner Rippe
zu machen.
Statt dessen erschuf er eine Frau
und gab sie Adam als Gefährtin.

Gott legte in den Mann mehr Härte und Aggressivität
und mehr Sanftheit und Fürsorge in die Frau –
und paßte sie den jeweiligen Bedürfnissen
des Partners an.
Ihre Beziehung zueinander spiegelt außerdem
das mystische Band
zwischen Christus und dem Gläubigen wieder.

... so macht meine Freude dadurch vollkommen,
daß ihr eines Sinnes seid,
gleiche Liebe habt, einmütig und einträchtig seid.

Philipper 2,2

Ein unbekannter Franzose hat einmal gesagt:
„Es lebe der Unterschied!"
Er muß ein glücklich verheirateter Mann
gewesen sein!

Ehemänner und Ehefrauen,
freut euch an eurer Verschiedenheit
und lernt, Kompromisse zu schließen,
wenn die männliche und die weibliche Natur
miteinander kollidieren!

Frisch Verheiratete sollten ihr gemeinsames Leben
auf Jesus ausrichten und dafür sorgen,
daß dies auch so bleibt.
Alles andere hängt von diesem Fundament ab.

Ehepartner, die beide zutiefst überzeugte Christen sind, haben enorme Vorteile gegenüber solchen Ehepaaren, deren Beziehung keine geistliche Dimension hat.

Ein erfülltes Gebetsleben
ist für den Aufbau und Erhalt einer
christozentrischen Ehe und Familie unersetzlich.

Man kann die Bedeutung und die Auswirkungen
des Gebets auf die Familienstruktur
gar nicht überbetonen.

Eine persönliche Beziehung zu Jesus Christus
ist der Eckstein jeder Ehe.
Sie verleiht jedem Bereich des Lebens
Sinn und Ziel.

Wenn ein Ehepaar am Beginn oder Ende
jedes Tages zusammen vor Gott tritt,
können Gefühle und Sorgen
zum Ausdruck gebracht werden,
die sonst vielleicht nie zur Sprache kämen.

Paare, die ihr tägliches Leben
auf die Aussagen der Bibel stützen,
haben einen Riesenvorteil gegenüber solchen,
die dies nicht tun.
Denn durch die Bibel können wir Einblick
in die Gedanken Gottes gewinnen –
eine unfaßbare Lebensquelle!

Ich aber will von deiner Macht singen
und des Morgens rühmen deine Güte;
denn du bist mir Schutz und Zuflucht in meiner Not.

Psalm 59,17

Der Schöpfer der ganzen Welt hat beschlossen,
uns seine ganz persönliche Gebrauchsanweisung
für die Ehe zukommen zu lassen.
Heirat und Elternschaft waren seine Ideen,
und in der Bibel teilt er uns mit,
wie das Zusammenleben in Frieden und Harmonie
gelingen kann.

Jedes zwischenmenschliche Thema –
vom Umgang mit Geld
bis hin zu sexuellen Verhaltensweisen –
wird in der Bibel diskutiert, und jede Aussage
trägt die persönliche Unterschrift Gottes.
Warum sollten wir so dumm sein,
diese beste aller Informationsquellen zu mißachten?

Ein christlicher Lebensstil verleiht einer Ehe Stabilität –
einfach weil die Prinzipien der Bibel,
wenn sie konsequent verwirklicht
und mit Leben gefüllt werden,
unvermeidlich Harmonie zur Folge haben.

Dies ist mein Gebot:
Ihr sollt einander so lieben, wie ich euch geliebt habe.

Johannes 15,12 (GN)

Eine eheliche Beziehung, der der eiserne Wille fehlt,
um jeden Preis zusammenzubleiben,
ist wie eine Brücke aus Preßspanplatten:
Sie scheint recht stabil,
doch wenn sie ernsthaft belastet wird,
gibt sie nach, und das Fundament bröckelt.

Zumindest während Ihres Traugottesdienstes
haben Sie sich gemeinsam hingekniet und gebetet.
Kehren Sie noch heute zu dieser Quelle
der Kraft und Stabilität zurück!

Kleine Alltagsproblemchen,
die sich mit der Zeit ansammeln,
können eine Ehe unter Umständen stärker gefährden
als die großen Stürme des Lebens.

Seien Sie sich darüber im klaren,
daß es in jeder Ehe Zeiten gibt,
in denen sich die Ehepartner
nicht besonders gut leiden können.

Gefühle können bisweilen ganz schnell abflachen
wie ein Autoreifen, in dem ein Nagel steckt.
Und auf der Felge weiterzufahren
ist eine ziemlich holprige Erfahrung.

An alle Jungverheirateten:
Rechnet nicht mit einer wunderbaren Beziehung.
Es wird definitiv Konflikte und Uneinigkeit geben,
und es wird definitiv Zeiten
der gefühlsmäßigen Leere geben,
in denen ein Ehepartner dem anderen
höchstens noch ein herzhaftes Gähnen entlockt.
So ist das Leben, wie man so schön sagt.

Was werden Sie tun, wenn in Ihrer Ehe Sturm aufkommt
oder eine endlose Flaute herrscht?
Werden Sie packen und heim zu Mama fahren?
Werden Sie verletzt sein
und Gelegenheit zur Rache suchen?
Oder werden Sie Ihr Versprechen halten?

Kopf hoch und Zähne zusammenbeißen!
Nichts (außer dem Tod) darf jemals
zwischen Sie und Ihren Ehepartner treten.
Nichts!

Das Gefühl der Verliebtheit
ist einfach zu flüchtig,
um darauf eine dauerhafte Beziehung aufzubauen.
Es kommt und geht,
ohne daß man es beeinflussen kann.

Die Liebe freut sich nicht über die Ungerechtigkeit,
sie freut sich aber an der Wahrheit;
sie erträgt alles, sie glaubt alles,
sie hofft alles, sie duldet alles.

1. Korinther 13,6-7

Zwei Leute passen nicht automatisch zusammen,
nur weil sie sich gegenseitig lieben
und beide bekennende Christen sind.
Glauben Sie bloß nicht, daß die wunderbaren Zeiten,
die den Beginn Ihrer Beziehung kennzeichneten,
ewig andauern werden!

Es ist naiv, anzunehmen,
daß zwei ausgeprägte Individuen
reibungslos zusammenarbeiten wie zwei Maschinen.
Selbst die haben Ecken und Kanten,
die erst abgeschliffen werden müssen,
bevor die Zusammenarbeit klappt.

Das Fundament Ihrer Ehe
wird in den ersten Monaten gelegt.
Die Entscheidungen, die in dieser Zeit fallen,
bestimmen die Richtung
aller zukünftigen Aktivitäten.

Ein einziger Vers der Bibel beinhaltet mehr Weisheit als alle Eheratgeber zusammen:
„Tut nichts aus Eigennutz oder um eitler Ehre willen, sondern in Demut achte einer den anderen höher als sich selbst.“

(Philipper 2,3)

Jeder ernstzunehmende Eheberater weiß,
daß die Unfähigkeit oder Unwilligkeit des Ehemannes,
mit seiner Frau über seine Gefühle zu reden,
eines der Hauptprobleme moderner Ehen ist.

Man kann fast ein
trauriges Sprichwort daraus machen:
Zeig mir einen schweigsamen Ehemann,
und ich zeige dir eine frustrierte Ehefrau.

Wenn es notwendig ist,
muß ein Mann sich zwingen,
sein Herz zu öffnen
und seine tiefsten Gefühle
mit seiner Ehefrau zu teilen.

In einer Ehe muß unbedingt Zeit
für tiefgehende Gespräche sein.
Gemeinsame Spaziergänge, Frühstück im Bett
oder eine Radtour zu zweit
sind Gelegenheiten zum Gespräch,
die die Liebe am Leben erhalten.

Eine Ehefrau muß unter Umständen
die Tatsache akzeptieren,
daß Ihr Mann nicht so ist (und nicht sein kann),
wie sie ihn gerne hätte.

Machen Sie das Beste aus dem Rohmaterial,
das zwei völlig unterschiedliche Individuen
in die Ehe einbringen.
Viele Kanten werden niemals abgeschliffen werden;
bemühen Sie sich, diese Tatsache zu akzeptieren,
und erarbeiten Sie sich
eine möglichst positive Einstellung dazu.

Wenn Sie sich Ihre mentale Gesundheit
bewahren wollen,
müssen Sie zuallererst akzeptieren,
was sich nicht ändern läßt.
Sie können sonst leicht im Kampf gegen
unabänderliche Umstände zerbrechen.

Der Geist Gottes dagegen läßt als Frucht
eine Fülle von Gutem wachsen,
nämlich Liebe, Freude, Frieden, Geduld, Freundlichkeit,
Güte, Treue, Nachsicht und Selbstbeherrschung.

Galater 5,22 (GN)

Können Sie die Tatsache akzeptieren,
daß Ihr Ehepartner niemals alle
Ihre Bedürfnisse und Erwartungen erfüllen wird?
Kein Mensch kann jede Hoffnung und jeden Wunsch
eines anderen befriedigen.

Ein Mann ist nicht dafür geschaffen, den ganzen großen Knoten der emotionalen Bedürfnisse seiner Frau zu lösen – genausowenig wie sie jemals die „24-Stunden-Sexmaschine“ seiner Träume sein wird. Beide Partner müssen mit menschlichen Schwächen, Fehlern und Verirrungen (und gelegentlichen nächtlichen „Migräneanfällen“) umgehen lernen.

Wenn eine Frau, die Haushalt und Kinder versorgt,
ihren Mann als Quelle und Ziel jedweder Konversation
und als alleinigen „Befriediger“ all ihrer
Bedürfnisse betrachtet,
kann ihre Ehe ganz schnell auf Grund laufen.

Ein Rat an junge Ehefrauen:
Pflegen Sie Ihre Freundschaften,
auch wenn Sie furchtbar viel um die Ohren haben.
Widerstehen Sie der Versuchung,
sich in die sicheren vier Wände
Ihres Zuhauses zurückzuziehen
und von Ihrem Mann alles zu erwarten!

Wir sind dazu gedacht, Gott zu lieben
und auch uns untereinander.
Die Vernachlässigung eines dieser Grundprinzipien
kann selbstzerstörerisch sein.

Männer und Frauen neigen
zu unterschiedlichen Auffassungen
des Begriffs „Wohlstand“.
Dies führt dann zu Streitigkeiten ums liebe Geld.

Ein Haushaltsplan ist zunächst einmal
nur ein Plan.
Er schränkt Ihre finanziellen Möglichkeiten
nicht ein – er definiert sie!

Spenden Sie nicht nur bereitwillig
an Ihre Kirchengemeinde,
sondern seien Sie auch hilfebedürftigen Menschen
gegenüber großzügig, die Gott Ihnen
über den Weg schickt.
Es gibt keine bessere Methode,
um die richtige Perspektive gegenüber Geld
und materiellen Dingen zu bewahren.

Seien Sie nicht allzu überrascht,
wenn der Sex in Ihrer Ehe nicht so ist,
wie Sie sich das vorgestellt haben.
Für Paare, die sich bis zur Ehe aufgehoben haben,
besteht oft eine besonders tiefe Kluft
zwischen ihren Erwartungen und der Realität.

Das Problem beim Sex ist,
daß frischverheiratete Paare plötzlich von
„Du sollst nicht ..." auf
„Du sollst – und zwar regelmäßig und leidenschaftlich!"
umschalten müssen.
Oft braucht es einige Zeit, bis das eine dem anderen
in den Köpfen Platz gemacht hat.

Sex ist – zumindest bei Menschen – ein höchst komplizierter mentaler Prozess.
Die jeweilige Stimmung, die Umgebung, Gerüche, Vorstellungen, das Verhalten des Partners und auch das persönliche Schamgefühl – all das spielt dabei eine Rolle.

Wenn Ihre Flitterwochen
eher einer Tragikomödie gleichgekommen sind,
verzweifeln Sie nicht!
Es wird besser werden.
Sie werden es lernen!

Sie haben ein ganzes Leben lang Zeit,
sich aneinander zu erfreuen.
Verlangen Sie daher nicht zu früh zu viel!

Unüberwindlich ist die Liebe,
und ihre Leidenschaft brennt wie Feuer.
Kein Wasser kann die Glut der Liebe löschen,
und keine Sturzflut schwemmt sie je hinweg.

Hoheslied 8,6-7 (GN)

Die Art, wie eine Frau sich in bezug auf Sex fühlt,
hängt sehr stark davon ab,
wie die gesamte Beziehung
zwischen ihr und ihrem Mann gerade aussieht.

Wenn eine Frau sich bei ihrem Mann
geborgen, geliebt und geschätzt fühlt,
dann wird sie sich auch in sexueller Hinsicht
zu ihm hingezogen fühlen.

Ihre Leidenschaft
entsteht aus seiner Berührung
und seiner Zärtlichkeit ihr gegenüber.

Seien wir doch ehrlich:
Für Frauen ist Sex oft ein Weg,
um Intimität aufzubauen.
Männer bauen dagegen oft Intimität auf,
um Sex zu bekommen.

Um der körperlichen Seite der Ehe
das Beste abzugewinnen,
muß ein Mann das Wesen seiner Frau
mindestens genausogut kennenlernen
wie ihren Körper.
Beides kann man nämlich nicht voneinander trennen!

Die Liebe ist langmütig und freundlich,
die Liebe eifert nicht,
die Liebe treibt nicht Mutwillen, sie bläht sich nicht auf,
sie verhält sich nicht ungehörig,
sie sucht nicht das Ihre, sie läßt sich nicht erbittern,
sie rechnet das Böse nicht zu.

1. Korinther 13,4-5

Der Mann ist ein eher visuell veranlagtes Wesen,
während die Frau gefühlsbetonter
auch im Sinne von Berührungen ist.
Mit ein bißchen Selbstlosigkeit und Überlegung
kann jeder Partner lernen,
dem anderen entgegenzukommen.

Sex ist dann am besten,
wenn beide Partner dabei völlig in dem Gefühl
unbefangener Leidenschaft aufgehen.

Eine Scheidung verursacht vor allem bei Kindern
eine verzweifelte Einsamkeit, einen Schmerz,
den man sich kaum vorstellen kann -
- und diese Wunde kann auch die Zeit nicht heilen!

Erlauben Sie es einfach nicht,
daß die Möglichkeit einer Scheidung
überhaupt in Ihr Denken eindringt.
Auch in Zeiten der schlimmsten Konflikte
und der totalen Entmutigung ist Scheidung
keine Lösung!

Eine Scheidung ist kein Weg,
dem Leid zu entfliehen.
Sie bewirkt einfach nur
neue, andere Arten von Leid
für alle Beteiligten.

Wappnen Sie Ihre Beziehung gegen
den Zahn der Zeit, als ob Sie
um Ihr nacktes Leben kämpfen würden ...

... Sie können es schaffen!
Sie können sogar die Liebe am Leben erhalten,
wenn Sie ihr in Ihrem Wertesystem
absolute Priorität einräumen.

Die Gesellschaft, in der wir leben,
schwächt aktiv unsere Abwehrkräfte gegen
eheliche Probleme.
Die Gefahren lauern überall,
und wir brauchen all unsere Energie,
um uns dagegen zu verteidigen.

Versuchen Sie nicht, gleichzeitig zu studieren,
einen Job zu haben, schwanger zu sein,
ein Kleinkind zu erziehen, einen Haushalt zu schmeißen
und sich auch noch selbständig zu machen.
Viele junge Paare tun genau das –
und wundern sich, wenn ihre Ehe zerbricht!

Wenn sich der Mann oder die Frau
noch nicht wirklich vollkommen
von seinen oder ihren Eltern emanzipiert hat,
ist es das beste,
nicht in ihrer Nähe zu leben.

Die Schwierigkeiten des Erwachsenwerdens
und der Streß der ersten Ehejahre
vertragen sich nicht gut miteinander.
Bringen Sie erst das eine hinter sich,
bevor Sie das andere beginnen!

Ein kleiner Riß im Beton reicht aus,
um die hartnäckigsten Unkräuter gedeihen zu lassen.
Wenn Ihnen an einer glücklichen, dauerhaften Ehe
gelegen ist,
sollten Sie das Unkrautrupfen
sehr, sehr ernst nehmen.

Wenn wir die Kürze unseres Lebens
wirklich begreifen würden,
dann wäre es unser größtes Verlangen,
Gott zu dienen und unseren Nächsten zu lieben.

Du sollst den Herrn, deinen Gott,
liebhaben von ganzem Herzen, von ganzer Seele
und mit all deiner Kraft.

5. Mose 6,5

Großartige Anfänge sind nicht so wichtig.
Der Ausgang einer Sache ist entscheidend!

Das Eheleben ist eher wie ein Marathonlauf
als ein Kurzstreckensprint.
Ein guter Start besagt noch gar nichts.
Sie brauchen den festen Willen, weiterzumachen,
auch dann, wenn jede Faser Ihres Körpers
danach schreit, aufzugeben.

Vor allen Dingen habt untereinander
beständige Liebe;
denn die Liebe deckt auch der Sünden Menge.

1. Petrus 4,8

Wertvolle Einsichten und zeitlose Wahrheiten, verpackt in ansprechende Geschenkbücher:

- **Gottes kleine Gebrauchsanweisung,** Band I, 128 Seiten (quer), Bestell-Nr. 815 342

- **Gottes kleine Gebrauchsanweisung,** Band II, 128 Seiten (quer), Bestell-Nr. 815 412